Das große Buch der Kinderlieder

Genehmigte Sonderausgabe
für den Buch und Zeit Verlag, Köln
Illustrationen von Diana Billaudelle
Alle Rechte vorbehalten
ISBN 978-3-8166-1149-3

Inhalt

Vorwort (Prof. Siegmund Helms) 5

Frühjahr 6
Es war eine Mutter, die hatte vier Kinder 8
Winter ade 9
Jetzt fängt das schöne Frühjahr an 10
Es tönen die Lieder 12
Liebe, liebe Sonne 13
Komm lieber Mai 14

Tiere 16
Unsre Katz heißt Mohrle 18
Fuchs, du hast die Gans gestohlen 20
Zwischen Berg und tiefem Tal 22
Häschen in der Grube 24
Heut ist ein Fest bei den Fröschen am See .. 25
Alle Vögel sind schon da 26
Kommt ein Vogel geflogen 28
Ein Vogel wollte Hochzeit machen 30
Auf uns'rer Wiese gehet was 32
Der Kuckuck und der Esel 34
Auf einem Baum ein Kuckuck saß 36
Summ, summ, summ 38
Widele, wedele 40
Auf der Mauer, auf der Lauer 42

Sommer – Reisen – Herbst 44
Trarira, der Sommer, der ist da 46
Als ich einmal reiste 48

Auf, auf, ihr Wandersleut 50
Wem Gott will rechte Gunst erweisen 52
Wenn alle Brünnlein fließen 54
Ein Männlein steht im Walde 56
Bunt sind schon die Wälder 58

Tanz und Spiel 60
Tanz, tanz Gretelein 62
Ringel, Ringel, Reihe 63
Macht auf das Tor 64
Zeigt her eure Füße 66
Taler, Taler, du musst wandern 68

Morgen und Abend 70
Es tagt, der Sonne Morgenstrahl 72
Die güldene Sonne 74
Frère Jacques 76
Guten Abend, gut Nacht 77
Der Mond ist aufgegangen 78
Die Blümelein, sie schlafen 80
Abends will ich schlafen gehn 82
Weißt du, wie viel Sternlein stehen 84

Berufe 86
Wer will fleißige Handwerker sehn 88
Was macht der Fuhrmann 90
Wir sind zwei Musikanten 92
Es klappert die Mühle 94
Backe, backe Kuchen 96

Inhalt

Advent und Weihnachten 98
Lasst uns froh und munter sein 100
Kling, Glöckchen, klingelingeling 102
Morgen, Kinder, wird`s was geben 104
O Tannenbaum 106
Kommet, ihr Hirten 108
Zu Bethlehem geboren 110
Stille Nacht, heilige Nacht 112
Ihr Kinderlein kommet 114
Was soll das bedeuten 116
Leise rieselt der Schnee 118
Alle Jahre wieder 119

Winter – Sternsinger 120
Schneeflöckchen, Weißröckchen 122
Ach bittrer Winter 124
Das alte Jahr vergangen 125
Ich geh mit meiner Laterne 126
Laterne, Laterne 127
Sankt Martin 128
Heile, heile, Segen 130

Märchen – Geburtstag 132
Hänsel und Gretel 134
Brüderlein, komm tanz mit mir 136
Dornröschen war ein schönes Kind 138
Und wer im Januar geboren ist 140
Happy birthday 142
Viel Glück und viel Segen 143

Spaß 144
Grün, grün, grün 146
Spannenlanger Hansel 148
Schön ist ein Zylinderhut 150
Die Tiroler sind lustig 152
Drei Chinesen mit dem Kontrabass 154
Heut kommt der Hans zu mir 156
Es tanzt ein Bi-Ba-Butzemann 157

Alphabetisches Liedverzeichnis 158
Anmerkungen zu den
Harmoniebezeichnungen 160

Vorwort

„Kinderlieder" sind in der Regel Lieder, die von Erwachsenen für Kinder geschaffen wurden. Sie stehen im Mittelpunkt unseres Buches. Daneben gibt es Lieder, die ebenso gut von Kindern wie Erwachsenen gesungen werden können: ältere sogenannte „Volkslieder" und einfache Lieder aus größeren Werken namhafter Komponisten (Märchenoper, Singspiel). Auch sie sind hier vertreten.

Bei der Auswahl von fröhlichen und traurigen, lustigen und ernsten Liedern haben wir darauf geachtet, dass sie kindgemäß, aber nicht kindertümelnd sind. Unsere Auswahl beinhaltet viele ältere Lieder von hoher künstlerischer Qualität, die bedeutsame Geschichtsdokumente sind und zum Liedrepertoire der Eltern und Großeltern gehören. Sie sind geeignet, eine Verbindung zwischen den Generationen zu schaffen.

Singen ist ein elementares Bedürfnis der meisten Kinder. Keine andere musikalische Erscheinungsfom ist für Kinder so gut geeignet wie das Lied in seiner Einheit von Text und Melodie, seiner übersichtlichen Gliederung und der Vielfalt seiner Ausdrucksmöglichkeiten, denn für die Gestaltung bedarf es keines anderen Mediums als der eigenen Stimme. Einige Lieder laden geradezu ein zu Spiel und Bewegung. Das Singen fördert viele Bereiche des Kindes: den sensomotorischen (Stimme, Gehör, Atmung, Haltung, Bewegung), den affektiven (Selbstvertrauen, Lust am „künstlerischen" Ausdruck u. a.), den kognitiven (Sprachförderung, Verständnis für Brauchtum und Tradition u. a.) und den kommunikativen (Gemeinschaftssinn, Tierliebe u. a.).

Der Herausgeber dankt Frau Diana Billaudelle für die Illustrationen und Herrn Burkhard Wepner für den Notensatz sowie die Harmonisierung der älteren Lieder. Ausführliche Anmerkungen hierzu finden Sie auf der Seite 160.

Siegmund Helms

Frühjahr

Frühjahr

Es war eine Mutter

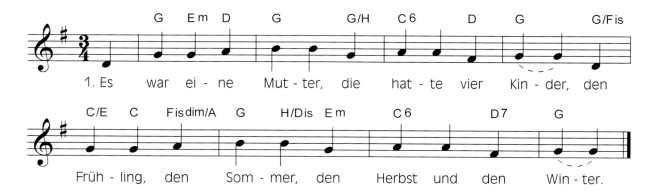

1. Es war eine Mutter, die hatte vier Kinder, den Frühling, den Sommer, den Herbst und den Winter.

2. Der Frühling bringt Blumen,
der Sommer den Klee,
der Herbst, der bringt Trauben,
der Winter den Schnee.

T. und M.: trad. (aus Baden)

Frühjahr

Winter, ade!

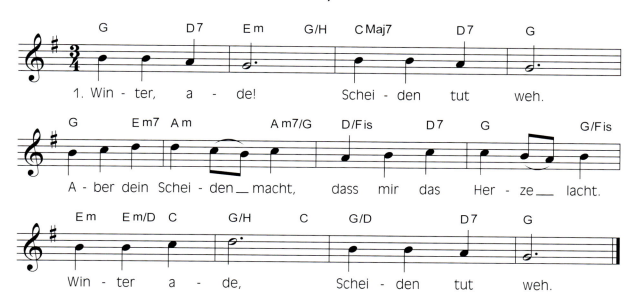

2. Winter, ade! Scheiden tut weh.
   Gehst du nicht bald nach Haus,
   lacht dich der Kuckuck aus.
   Winter, ade! Scheiden tut weh.

*T.: August Heinrich Hoffmann von Fallersleben
(1798-1874), 1837
M.: trad.*

Jetzt fängt das schöne Frühjahr an

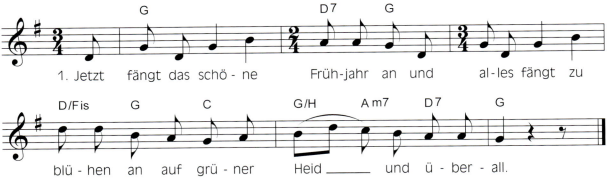

1. Jetzt fängt das schöne Frühjahr an und alles fängt zu blühen an auf grüner Heid und überall.

2. Es blühen Blümlein auf dem Feld,
   sie blühen weiß, blau, rot und gelb;
   es gibt nichts Schöner's auf der Welt.

3. Jetzt geh ich über Berg und Tal,
   da hört man schon die Nachtigall
   auf grüner Heid und überall.

T. und M.: trad. (19. Jh.)

Frühjahr

Frühjahr

Es tönen die Lieder

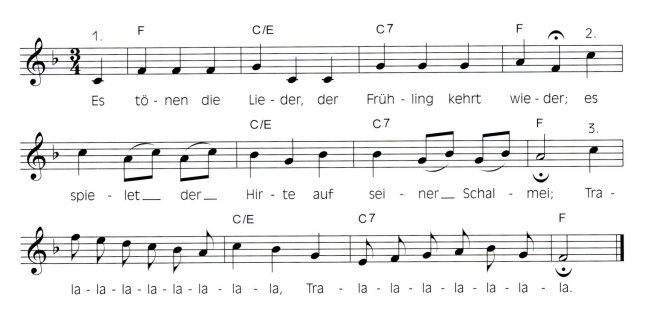

Es tönen die Lieder, der Frühling kehrt wieder; es spielet der Hirte auf seiner Schalmei; Tralalalalalalala, Tralalalalalalala.

Kanon zu 3 Stimmen

T. u. M.: trad.

Frühjahr

Liebe, liebe Sonne

Lie - be, lie - be Son - ne, komm ein biss - chen run - ter!
Lass den Re - gen o - ben, dann wol - len wir dich lo - ben.
Ei - ner schließt den Him - mel auf, kommt die lie - be Son - ne raus.

T. und M.: trad. (aus Kassel)

Komm, lieber Mai

2. Zwar Wintertage haben
wohl auch der Freuden viel.
Man kann im Schnee eins traben
und treibt manch Abendspiel,
baut Häuserchen von Karten,
spielt Blindekuh und Pfand;
auch gibt's wohl Schlittenfahrten
auf's liebe freie Land.

Frühjahr

3, Ach, wenn's doch erst gelinder
und grüner draußen wär!
Komm, lieber Mai, wir Kinder,
wir bitten gar zu sehr!
O komm und bring vor allem
uns viele Veilchen mit,
bring auch viel Nachtigallen
und schöne Kuckucks mit.

T.: Christian Adolf Overbeck (1755-1821)
M.: Wolfgang Amadeus Mozart (1756-1791)

Tiere

Unsre Katz heißt Mohrle

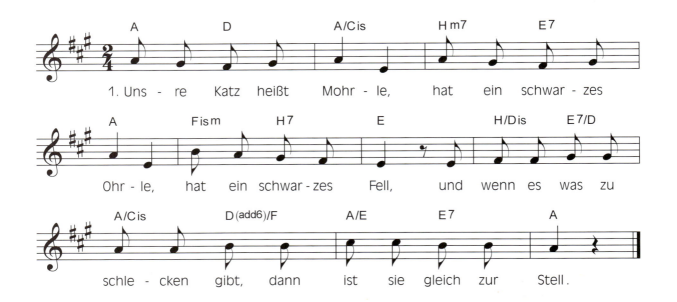

1. Uns-re Katz heißt Mohr-le, hat ein schwar-zes Ohr-le, hat ein schwar-zes Fell, und wenn es was zu schle-cken gibt, dann ist sie gleich zur Stell.

Tiere

2. Unsre Katz heißt Mohrle,
   hat ein schwarzes Ohrle,
   Augen, die sind grün,
   und abends, wenn es dunkel wird,
   da fang'n sie an zu glühn.

3. Unsre Katz heißt Mohrle,
   hat ein schwarzes Ohrle,
   Pfötchen, die sind weich,
   und wenn mein Kind im Schlafe liegt,
   dann schnurrt sie durch ihr Reich.

   T. und M.: Wilhelm Bender

Fuchs, du hast die Gans gestohlen

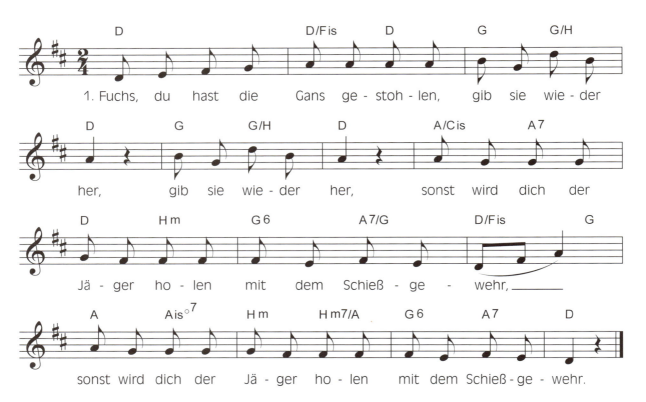

1. Fuchs, du hast die Gans ge-stoh-len, gib sie wie-der her, gib sie wie-der her, sonst wird dich der Jä-ger ho-len mit dem Schieß-ge-wehr, sonst wird dich der Jä-ger ho-len mit dem Schieß-ge-wehr.

Tiere

2. Seine große, lange Flinte
   schießt auf dich den Schrot,
   schießt auf dich den Schrot,
   dass dich färbt die rote Tinte
   und dann bist du tot.

3. Liebes Füchslein, lass dir raten,
   sei doch nur kein Dieb,
   sei doch nur kein Dieb,
   nimm, du brauchst nicht Gänsebraten,
   mit der Maus vorlieb.

T.: Ernst Anschütz (1780-1861)
M.: trad.

Zwischen Berg und tiefem Tal

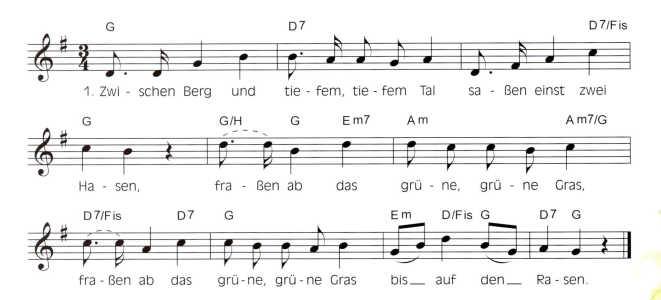

2. Als sie satt gefressen, 'fressen war'n,
   setzten sie sich nieder,
   bis dass der Jäger, Jäger kam,
   bis dass der Jäger, Jäger kam,
   und schoss sie nieder.

3. Als sie sich nun aufgesammelt hatt'n
   und sie sich besannen,
   dass sie noch am Leben, Leben war'n,
   dass sie noch am Leben, Leben war'n,
   liefen sie von dannen.

   T. und M.: trad. seit etwa 1800
   (aus dem Bergischen Land)

Tiere

Tiere

Häschen in der Grube

Häs-chen in der Gru-be saß__ und__ schlief,
saß__ und__ schlief. Ar-mes Häs-chen, bist du krank,
dass du nicht mehr hüp-fen kannst? Häs-chen hüpf!
Häs-chen hüpf! Häs-chen hüpf!

T. und M.: nach trad. Vorlage von
Friedrich Fröbel (1782-1852), um 1840

Tiere

Heut ist ein Fest bei den Fröschen am See

Heut ist ein Fest bei den Frö-schen am See, Ball und Kon-zert und ein gro-ßes Di-ner! Quak, quak, quak, quak.

Kanon zu 3 Stimmen T. und M.: trad.

Alle Vögel sind schon da

2. Wie sie alle lustig sind,
   flink und froh sich regen!
   Amsel, Drossel, Fink und Star
   und die ganze Vogelschar
   wünschen uns ein frohes Jahr,
   lauter Heil und Segen.

Tiere

3. Was sie uns verkünden nun,
   nehmen wir zu Herzen:
   wir auch wollen lustig sein,
   lustig wie die Vögelein,
   hier und dort, feldaus, feldein
   singen, springen, scherzen!

T.: August Heinrich Hoffmann von Fallersleben (1798-1874)
M.: Marie Nathusius (1817-1857)

Kommt ein Vogel geflogen

1. Kommt ein Vogel geflogen, setzt sich nieder auf mein Fuß, hat ein Zettel im Schnabel, von der Mutter ein Gruß.

Tiere

2. Lieber Vogel, flieg weiter,
   nimm ein Gruß mit und ein Kuss,
   denn ich kann dich nicht begleiten,
   weil ich hier bleiben muss.

*T. und M.: 1822 aus einer Wiener Zauberoper,
in österreichischem Dialekt; seit 1824 durch
K. Holtei in Deutschland bekannt geworden*

Ein Vogel wollte Hochzeit machen

2. Der Stieglitz war der Bräutigam,
   er singt zu Gottes Gloriam.

3. Die Amsel war die Braute,
   trug einen Kranz von Raute.

4. Der Sperber, der Sperber,
   der war der Hochzeitswerber.

5. Der Stare, der Stare,
   der flocht der Braut die Haare.

6. Die Lerche, die Lerche,
   die führt die Braut zur Kerche.

7. Der Auerhahn, der Auerhahn,
   der war der würd'ge Herr Kaplan.

8. Die Meise, die Meise,
   die sang das Kyrieleise.

9. Der schwarze Rab, der war der Koch,
   das sieht man an dem Kleide doch.

10. Der grüne Specht, der grüne Specht,
    der war des Küchenmeisters Knecht.

11. Die Elster, die ist schwarz und weiß,
    die bracht der Braut die Hochzeitsspeis'.

12. Der Wiedehopf, der Wiedehopf,
    der brachte gleich den Suppentopf.

13. Die Schnepfe, die Schnepfe,
    setzt auf den Tisch die Näpfe.

14. Die Finken, die Finken,
    die gab'n der Braut zu trinken.

15. Der Storch mit seinem Schnabel,
    der brachte Messer und Gabel.

16. Die Puten, die Puten,
    die machten breite Schnuten.

17. Die Gänse und die Anten,
    die war'n die Musikanten.

Tiere

18. Der Pfau mit seinem bunten Schwanz,
    tat mit der Braut den ersten Tanz.

19. Frau Nachtigall, Frau Nachtigall,
    die sang mit ihrem schönen Schall.

20. Die Greife, die Greife,
    die spielten auf der Pfeife.

21. Der Seidenschwanz, der Seidenschwanz,
    der singt das Lied vom Jungfernkranz.

22. Der Kucku', der Kucku',
    der spielt' die Laut und sang dazu.

23. Der Geier, der Geier,
    der spielte auf der Leier.

24. Der Papagei, der Papagei,
    der machte drob ein groß Geschrei.

25. Die Taube, die Taube,
    die bracht der Braut die Haube.

26. Brautmutter war die Eule,
    nahm Abschied mit Geheule.

27. Das Finkelein, das Finkelein,
    das führt das Paar zur Kammer rein.

28. Der Uhu, der Uhu,
    der schlug die Fensterläden zu.

29. Die Fledermaus, die Fledermaus,
    die zog der Braut die Strümpfe aus.

30. Der Hahn, der krähet: „Gute Nacht"!
    Jetzt wird die Kammer zugemacht.

T.: trad., 19. Jh.
M.: trad., etwa 1800

Auf uns'rer Wiese gehet was

Tiere

2. Ihr denkt: Das ist der Klapperstorch,
   watet durch die Sümpfe.
   Er hat ein schwarzweiß Röcklein an
   und trägt rote Strümpfe,
   fängt die Frösche, schnapp, schnapp, schnapp,
   klappert's lustig, klapperdiklapp.
   Nein, das ist Frau Störchin.

T.: August Heinrich Hoffmann von Fallersleben (1798-1874)
M.: trad.

Der Kuckuck und der Esel

1. Der Kuckuck und der E-sel, die hat-ten ei-nen Streit, wer wohl am bes-ten sän-ge, wer wohl am bes-ten sän-ge zur schö-nen Mai-en-zeit, zur schö-nen Mai-en-zeit.

Tiere

2. Der Kuckuck sprach: „Das kann ich!"
und hub gleich an zu schrei'n.
Ich aber kann es besser,
ich aber kann es besser,
fiel gleich der Esel ein.

3. Das klang so schön und lieblich,
so schön von fern und nah,
sie sangen alle beide,
sie sangen alle beide:
„Kuckuck, kuckuck, ia!"

*T.: August Heinrich Hoffmann von Fallersleben
(1798-1874), 1835*
M.: Karl Friedrich Zelter (1758-1832), 1810

Auf einem Baum ein Kuckuck saß

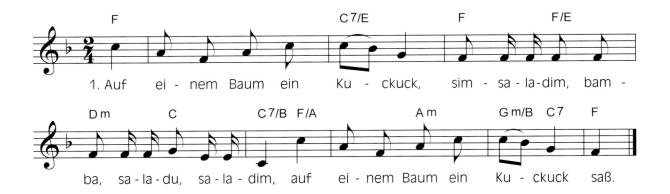

2. Da kam ein junger Jäger,
   simsaladim, bamba, saladu, saladim,
   da kam ein junger Jägersmann.

3. Der schoss den armen Kuckuck,
   simsaladim, bamba, saladu, saladim,
   der schoss den armen Kuckuck tot.

4. Und als ein Jahr vergangen,
   simsaladim, bamba, saladu, saladim,
   und als ein Jahr vergangen war,

5. da war der Kuckuck wieder,
   simsaladim, bamba, saladu, saladim,
   da war der Kuckuck wieder da.

   T. und M.: trad., 18. Jh.

Tiere

Summ, summ, summ

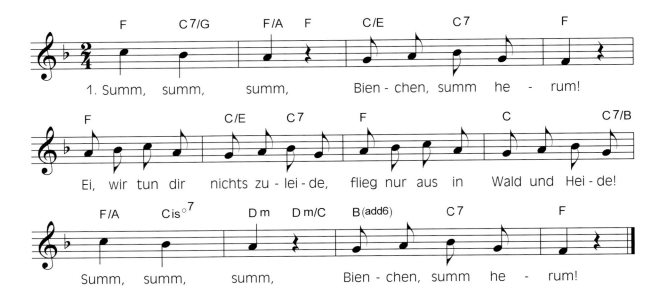

2. Summ, summ, summ, Bienchen summ herum!
   Such in Blumen, such in Blümchen
   dir ein Tröpfchen, dir ein Krümchen!
   Summ, Summ, summ, Bienchen summ herum!

3. Summ, summ, summ, Bienchen summ herum!
   Kehre heim mit rechter Habe,
   bau uns manche volle Wabe!
   Summ, summ, summ, Bienchen, summ herum!

T.: August Heinrich Hoffmann von Fallersleben (1798-1874), 1843
M.: trad.

Tiere

Widele, wedele

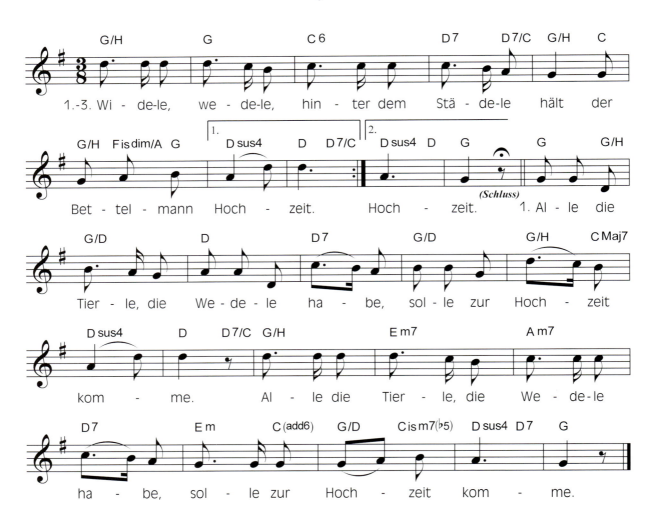

Tiere

2. Widele, wedele …
   Pfeift das Mäusele, tanzt das Läusele,
   schlägt das Igele Trumme.

3. Widele, wedele …
   Wind mer a Kränzle, tanz mer a Tänzle,
   lass mer das Geigele singen.

(nach der 3. Strophe von vorn bis Schluss)

T.: trad., seit Ende des 18. Jh.
M.: trad., seit 19. Jh.

Auf der Mauer, auf der Lauer

— Tiere —

Spielanleitung: Bei jeder Wiederholung werden bei den Wörtern „Wanzen" und „tanzen" jeweils die letzten Buchstaben weggelassen: Wanze, Wanz, Wan usw. Sind alle Buchstaben „aufgebraucht", bleibt es für die Tondauer des Wortes still. Wer sich versingt, muss ein Pfand geben.

T. und M.: trad.

Sommer –

Reisen – Herbst

Trarira, der Sommer der ist da

1. Tra-ri-ra, der Sommer, der ist da! Wir wollen in den Garten und wolln des Sommers warten! Ja, ja, ja, der Sommer, der ist da!

Sommer – Reisen – Herbst

2. Trarira, der Sommer, der ist da!
   Wir wollen hinter Hecken
   und wolln den Sommer wecken.
   Ja, ja, ja, der Sommer, der ist da!

3. Trarira, der Sommer, der ist da!
   Der Winter ist zerronnen,
   der Sommer hat begonnen.
   Ja, ja, ja, der Sommer, der ist da!

   T. und M.: trad.

Als ich einmal reiste

2. Zwei Jahr bin ich geblieben,
   zog ich umher von Land zu Land,
   und was ich da getrieben,
   das ist der Welt bekannt.

3. Als ich wied'rum kommen
   in unser altes Dorf hinein,
   da schaute meine Mutter
   aus ihrem Fensterlein.

— Sommer – Reisen – Herbst —

4. „Ach Sohne, liebster Sohne,
dein Aussehn g'fällt mit gar nicht wohl,
dein Höslein ist gerissen,
die Strümpf, das Kamisol*."

5. „Ach Mutter, liebste Mutter,
was fragt ihr nach der Lumperei?
An Höslein, Rock und Futter
spart ihr die Flickerei."

6. Die Mutter ging zur Küchen,
sie kocht mir Nudel und Sauerkraut,
stopft Rock und Höschen, dass ich
bin herrlich anzuschaun.

Kamisol = Unterjacke, Wams

T. und M.: trad., 19. Jh.

Auf, auf, ihr Wandersleut

Sommer – Reisen – Herbst

2. Ihr liebsten Eltern mein,
   ich will euch dankbar sein;
   die ihr mir habt gegeben
   von Gott ein langes Leben,
   so gebet mir gleich einer Speis
   den Segen auf die Reis.

3. Der Tau vom Himmel fällt,
   hell wird das Firmament;
   die Vöglein in der Höhe,
   wenn sie vom Schlaf aufstehen,
   da singen sie mir zu meiner Freud:
   lebt wohl, ihr Wandersleut!

   T. und M.: trad. (aus Nordböhmen)

Wem Gott will rechte Gunst erweisen

1. Wem Gott will rechte Gunst erweisen, den schickt er in die weite Welt, dem will er seine Wunder weisen in Berg und Tal und Strom und Feld.

2. Die Bächlein von den Bergen springen,
   die Lerchen schwirren hoch vor Lust:
   was soll ich nicht mit ihnen singen
   aus voller Kehl und frischer Brust?

3. Den lieben Gott lass ich nur walten,
   der Bächlein, Lerchen, Wald und Feld
   und Erd' und Himmel will erhalten,
   hat auch mein Sach aufs best bestellt.

T.: Joseph von Eichendorff (1788-1857), 1822
M.: Theodor Fröhlich (1803-1836), 1833

Sommer – Reisen – Herbst

Wenn alle Brünnlein fließen

1. Wenn al - le Brünn - lein flie - ßen, so soll man trin - ken,
wenn ich mein Schatz nicht ru - fen darf, tu ich ihm win - ken.

Wenn ich mein Schatz nicht ru - fen darf, ju ja ru - fen darf, tu
ich ihm win - ken.

Sommer – Reisen – Herbst

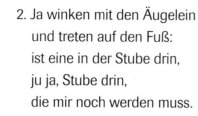

2. Ja winken mit den Äugelein
und treten auf den Fuß:
ist eine in der Stube drin,
ju ja, Stube drin,
die mir noch werden muss.

3. Warum soll sie's nicht werden?
Ich seh sie gar zu gern.
Sie hat zwei schwarzbraun Äugelein,
ju ja, Äugelein,
sind heller als der Stern.

4. Sie hat zwei rote Bäckelein,
sind röter als der Wein.
Ein solches Mädchen findt man nicht,
ju ja, findt man nicht
wohl unter'm Sonnenschein.

T. und M.: Friedrich Silcher (1789-1860)

Ein Männlein steht im Walde

Sommer – Reisen – Herbst

2. Das Männlein steht im Walde
auf einem Bein
und hat auf seinem Haupt
ein schwarz Käpplein klein.
Sagt, wer mag das Männlein sein,
das da steht im Wald allein
mit dem kleinen schwarzen Käppelein?

*T.: August Heinrich Hoffmann von Fallersleben
(1798-1874), 1843
M.: trad., seit etwa 1800*

Bunt sind schon die Wälder

Sommer – Reisen – Herbst

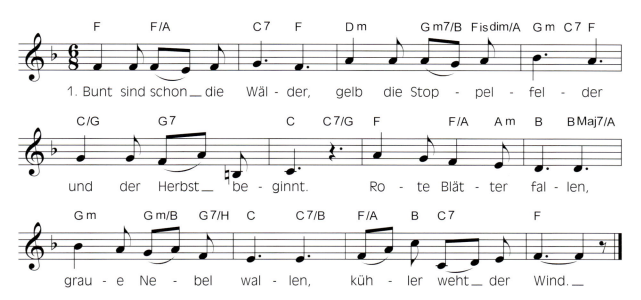

1. Bunt sind schon die Wälder, gelb die Stop-pel-fel-der und der Herbst be-ginnt. Ro-te Blät-ter fal-len, grau-e Ne-bel wal-len, küh-ler weht der Wind.

2. Wie die volle Traube
aus dem Rebenlaube
purpurfarbig strahlt!
Am Gelände reifen
Pfirsiche, mit Streifen
rot und weiß bemalt.

3. Flinke Träger springen
und die Mädchen singen,
alles jubelt froh!
Bunte Bänder schweben
zwischen hohen Reben
auf dem Hut von Stroh.

4. Geige tönt und Flöte
bei der Abendröte
und im Mondenglanz;
junge Winzerinnen
winken und beginnen
frohen Erntetanz.

*T.: Johann Gaudenz von Salis-Seewies
(1762-1834)
M.: Johann Friedrich Reichardt
(1752-1814)*

Tanz und Spiel

Tanz und Spiel

Tanz, tanz Gretelein

1. Tanz, tanz Gre-te-lein, du hast so schö-ne Schuh!
Heb die Füß-chen nur ge-schwin-de, dass dein Röck-lein fliegt im Win-de!
Tanz, tanz Gre-te-lein, ich pfeif dir eins da-zu.

2. Tanz, tanz Hänselein,
mit deiner Zipfelmütz!
Musst mich fangen, musst mich necken,
steh nicht steif da wie ein Stecken.
Tanz, tanz Hänselein,
mit deiner Zipfelmütz.

T. und M.: trad. (aus Thüringen)

Tanz und Spiel

Ringel, Ringel, Reihe

Rin - gel, Rin - gel, Rei - he, sind der Kin - der drei - e!
Sit - zen un - term Hol - der - busch, ru - fen al - le husch, husch, husch!

Spielanleitung: Die Kinder laufen singend im Kreis herum und setzen sich zur letzen Zeile. Bei „husch, husch, husch" setzt sich der Kreis wieder singend in Bewegung.

T. und M.: trad.

Macht auf das Tor

1. Macht auf das Tor, macht auf das Tor! Es kommt ein gold-ner Wa-gen.

2. Wer sitzt darin? Wer sitzt darin?
   Ein Mann mit braunen*) Haaren.

3. Was will er denn? Was will er denn?
   Er will die .... holen.

*) oder: schwarzen, blonden usw.

T. und M.: trad., seit Ende des 19. Jh.

Tanz und Spiel

Spielanleitung: Zwei Kinder vereinbaren im Stillen, wer von ihnen beiden „Blau" oder „Rot" (andere Farben, Gegenstände, Früchte etc.) ist. Durch eine Brücke, die die beiden mit erhobenen Armen bilden, ziehen die anderen Kinder singend hindurch. Mit den Worten „Der Letzte will gefangen sein" fangen die beiden das durchziehende Kind und fragen es, ob es sich für „Blau" oder „Rot" entscheidet. Das „gefangene" Kind stellt sich hinter „sein" Kind, bis alle Kinder aufgestellt sind. Wer die meisten Kinder hinter sich vereint hat, hat gewonnen.

Zeigt her eure Füße

1.-8. Zeigt her eure Füße, zeigt her eure Schuh und sehet den fleißigen Waschfrauen zu!

1. Sie waschen, sie waschen, sie waschen den ganzen Tag.
2. Sie spülen, sie spülen, sie spülen den ganzen Tag.

3. Sie wringen …

4. Sie hängen …

5. Sie legen …

6. Sie bügeln …

7. Sie ruhen …

8. Sie tanzen …

T.: Albert Methfessel (1785-1869)
M.: trad.

Tanz und Spiel

Spielanleitung: Das Lied wird gesungen, während die Kinder im Kreis stehen und im Takt zunächst abwechselnd die Füße vorstrecken, danach die Arbeitsvorgänge beim Waschen im Takt imitieren.

Taler, Taler, du musst wandern

{ Tal - er, Taler, } du musst wan-dern von der ei-nen Hand zur
{ Ring-lein, Ring-lein, }

an-dern. Das ist schön, das ist schön, nie-mand darf { den Ta-ler } sehn!
{ das Ring-lein }

T. und M.: trad.

Tanz und Spiel

Spielanleitung: Ein Taler (symbolisiert durch ein Geldstück oder einen anderen Gegenstand) wandert gut versteckt von Hand zu Hand, während die Kinder singend im Kreis stehen. Ein Kind außerhalb des Kreises versucht, den Taler zu entdecken und wird von dem Kind abgelöst, bei dem der Taler gefunden wurde.

Morgen und Abend

Es tagt, der Sonne Morgenstrahl

Morgen und Abend

2. Wem nicht geschenkt ein Stimmelein,
zu singen froh und frei,
mischt doch darum sein Lob darein
mit Gaben mancherlei
und stimmt auf seine Art mit ein,
wie schön der Morgen sei.

3. Zuletzt erschwingt sich flammengleich
mit Stimmen laut und leis
aus Wald und Feld, aus Bach und Teich,
aus aller Schöpfung Kreis
ein Morgenchor, an Freude reich,
zu Gottes Lob und Ehr.

T. und M.: Werner Gneist, 1931

Die güldene Sonne

1. Die güldene Sonne bringt Leben und Wonne, die Finsternis weicht; der Morgen sich zeiget, die Röte aufsteiget, der Monde verbleicht.

2. Kommt, lasset uns singen,
die Stimmen erschwingen,
zu danken dem Herrn.
Ei, bittet und flehet,
dass er uns beistehet
und weiche nicht fern.

(gekürzt)

T. Philipp von Zesen (1619-1689)
M.: Johann Rudolf Ahle (1625-1673)

Morgen und Abend

Morgen und Abend

Frère Jacques

Frère Jacques, Frère Jacques, dormez vous? Dormez vous? Sonnez les matines, sonnez les matines, ding, dang, dong, ding, dang, dong.

Bruder Jakob, Bruder Jakob, schläfst du noch? Schläfst du noch? Hörst du nicht die Glocken, hörst du nicht die Glocken, ding, dang, dong, ding, dang, dong.

Kanon zu 4 Stimmen T. und M.: trad. (aus Frankreich)

Morgen und Abend

Guten Abend, gut Nacht

2. Guten Abend, gut Nacht,
   von Englein bewacht,
   die zeigen im Traum
   dir Christkindleins Baum.
   Schlaf nun selig und süß,
   schau im Traum's Paradies,
   schlaf nun selig und süß,
   schau im Traum's Paradies.

T.: aus „Des Knaben Wunderhorn"
M.: Johannes Brahms (1833-1897), 1868

Der Mond ist aufgegangen

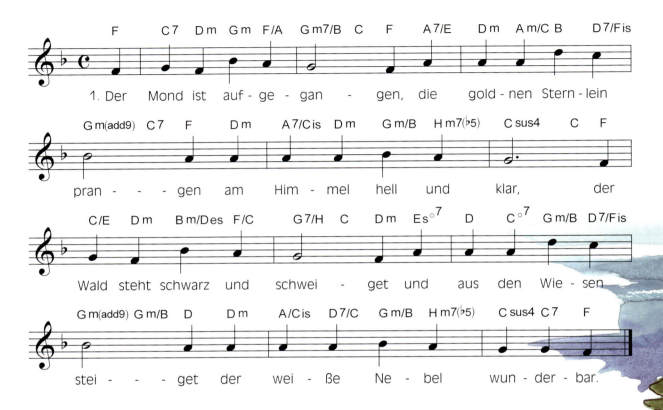

2. Wie ist die Welt so stille,
   und in der Dämm'rung Hülle
   so traulich und so hold
   als eine stille Kammer,
   wo ihr des Tages Jammer
   verschlafen und vergessen sollt.

3. Seht ihr den Mond dort stehen?
   Er ist nur halb zu sehen
   Und ist doch rund und schön.
   So sind wohl manche Sachen,
   die wir getrost belachen,
   weil uns're Augen sie nicht sehn.

4. Wir stolzen Menschenkinder
   sind eitel arme Sünder
   und wissen gar nicht viel.
   Wir spinnen Luftgespinnste
   und suchen viele Künste
   und kommen weiter von dem Ziel.

5. Gott, lass dein Heil uns schauen,
   auf nichts Vergänglich's trauen,
   nicht Eitelkeit uns freun;
   lass uns einfältig werden
   und vor dir hier auf Erden
   wie Kinder fromm und fröhlich sein.

Morgen und Abend

6. Wollst endlich sonder Grämen
   aus dieser Welt uns nehmen
   durch einen sanften Tod;
   und wenn du uns genommen,
   lass uns in' Himmel kommen,
   du unser Herr und unser Gott.

7. So legt euch denn, ihr Brüder,
   in Gottes Namen nieder,
   kalt ist der Abendhauch.
   Verschon uns, Gott, mit Strafen
   und lass uns ruhig schlafen
   und unsern kranken Nachbarn auch.

T.: Matthias Claudius (1740-1815)
M.: Johann Abraham Peter Schulz (1747-1800)

Die Blümelein, sie schlafen

1. Die Blümelein, sie schlafen schon längst im Mondenschein, sie nicken mit den Köpfchen auf ihren Stängelein. Es rüttelt sich der Blütenbaum, er säuselt wie im Traum: Schlafe, schlafe, schlaf ein, mein Kindelein.

2. Die Vögelein, sie sangen
   so süß im Sonnenschein,
   sie sind zur Ruh gegangen
   in ihre Nestchen klein.
   Das Heimchen in dem Ährengrund,
   es tut allein sich kund.
   Schlafe,...

Morgen und Abend

3. Sandmännchen kommt geschlichen
   und guckt durchs Fensterlein,
   ob irgendwo ein Liebchen
   nicht mag zu Bette sein,
   und wo er noch ein Kindchen fand,
   streut er ins Aug ihm Sand.
   Schlafe, …

   T.: Wilhelm von Zuccalmaglio, 1840
   M.: Heinrich Isaak, um 1490

Abends will ich schlafen gehn

T.: Adelheid Wette (zuvor in „Des Knaben Wunderhorn" und früher)
M.: Engelbert Humperdinck (1854-1921), aus der Märchenoper "Hänsel und Gretel" (1893)

Morgen und Abend

Weißt du, wie viel Sternlein stehen

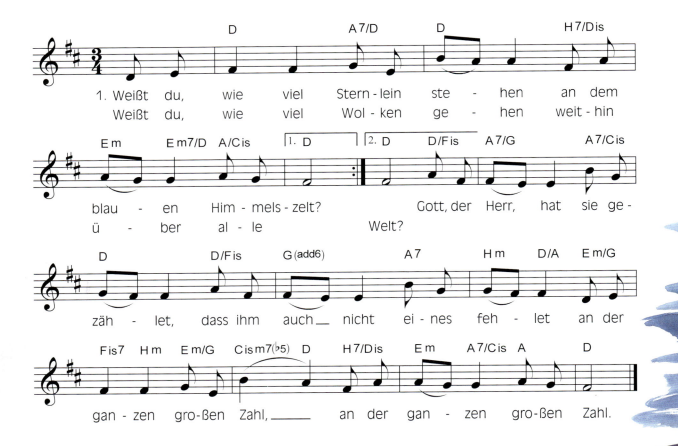

2. Weißt du, wie viel Mücklein spielen
in der heißen Sonnenglut,
wie viel Fischlein auch sich kühlen
in der hellen Wasserflut?
Gott der Herr rief sie mit Namen,
dass sie all ins Leben kamen,
dass sie nun so fröhlich sind,
dass sie nun so fröhlich sind.

3. Weißt du, wie viel Kinder frühe
stehn aus ihren Bettlein auf,
dass sie ohne Sorg und Mühe
fröhlich sind im Tageslauf?
Gott im Himmel hat an allen
seine Lust, sein Wohlgefallen,
kennt auch dich und hat dich lieb,
kennt auch dich und hat dich lieb.

T.: Wilhelm Hey (1789-1854), 1837
M.: trad., seit 1842

Morgen und Abend

Berufe

Wer will fleißige Handwerker sehn

1. Wer will flei-ßi-ge Hand-wer-ker sehn, ei, der muss zu uns her-gehn. Stein auf Stein, Stein auf Stein, das Häus-chen wird bald fer-tig sein.

Berufe

2. Wer will …
   O wie fein, o wie fein,
   der Glaser setzt die Scheiben ein.

3. Wer will …
   Tauchet ein, tauchet ein,
   der Maler streicht die Wände fein.

4. Wer will …
   Zisch, zisch, zisch, zisch, zisch, zisch,
   der Tischler hobelt glatt den Tisch.

5. Wer will …
   Poch, poch, poch, poch, poch, poch,
   der Schuster schustert zu das Loch.

6. Wer will …
   Stich, stich, stich, stich, stich, stich,
   der Schneider näht ein Kleid für mich.

7. Wer will …
   Rühre ein, rühre ein,
   der Kuchen wird bald fertig sein.

8. Wer will …
   Trapp, trapp, drein, trapp, trapp, drein,
   jetzt geh'n wir von der Arbeit heim.

T. und M.: trad.

Was macht der Fuhrmann

2. Was macht der Fährmann?
   Der Fährmann legt ans Ufer an
   und denkt: „Ich halt nicht lange still,
   es komme, wer da kommen will."

3. Da kam der Fuhrmann
   mit seinem großen Wagen an,
   der war mit Kisten vollgespickt,
   dass sich der Fährmann sehr erschrickt.

4. Da sprach der Fährmann:
   „Ich fahr euch nicht, Gevattersmann,
   gebt ihr mir nicht aus jeder Kist
   ein Stück von dem, was drinnen ist!"

Berufe

5. „Ja", sprach der Fuhrmann,
und als sie kamen drüben an,
da öffnet er die Kisten g'schwind,
da war nichts drin als lauter Wind.

6. Schalt da der Fährmann?
O nein, o nein! Er lachte nur:
„Aus jeder Kist ein Stückchen Wind,
dann fährt mein Schifflein sehr geschwind!"

T. und M.: trad., seit etwa 1900

Wir sind zwei Musikanten

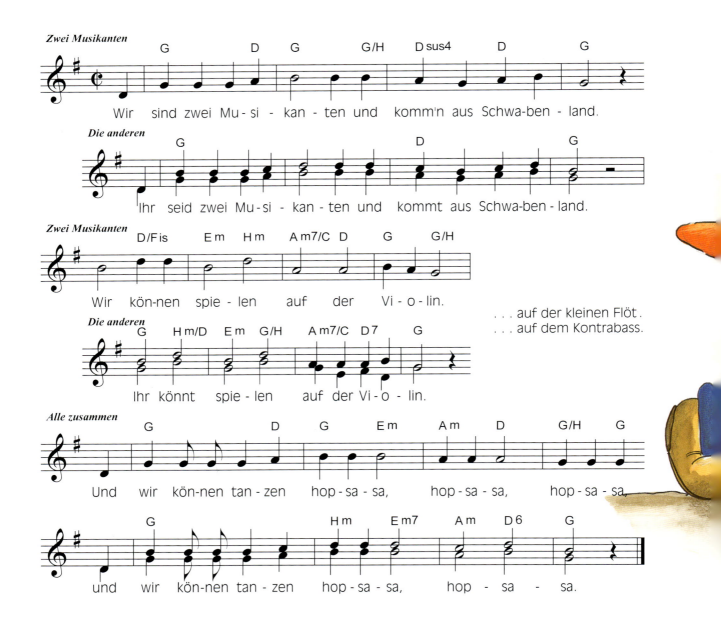

... auf der kleinen Flöt.
... auf dem Kontrabass.

T. und M.: trad.

Berufe

Es klappert die Mühle

2. Flink laufen die Räder und drehen den Stein,
klipp klapp,
und mahlen den Weizen zu Mehl uns so fein,
klipp klapp!
Der Bäcker dann Zwieback und Kuchen draus bäckt,
der immer den Kindern besonders gut schmeckt.
Klipp klapp, klipp klapp, klipp klapp!

Berufe

3. Wenn reichliche Körner das Ackerfeld trägt,
   klipp klapp,
   die Mühle dann flink ihre Räder bewegt,
   klipp klapp!
   Und schenkt uns der Himmel nur immerdar Brot,
   so sind wir geborgen und leiden nicht Not.
   Klipp klapp, klipp klapp, klipp klapp!

   T.: Ernst Anschütz, um 1824
   M.: trad., 18. Jh.

Backe, backe Kuchen

Backe, backe Kuchen, der Bäcker hat gerufen!
Wer will guten Kuchen backen, der muss haben sieben Sachen:
Eier und Schmalz, Zucker und Salz, Milch und Mehl,
Safran macht den Kuchen gehl. Schieb in den Ofen rein.

T. und M.: trad. (aus Sachsen und Thüringen)

Berufe

Advent

und Weihnachten

Lasst uns froh und munter sein

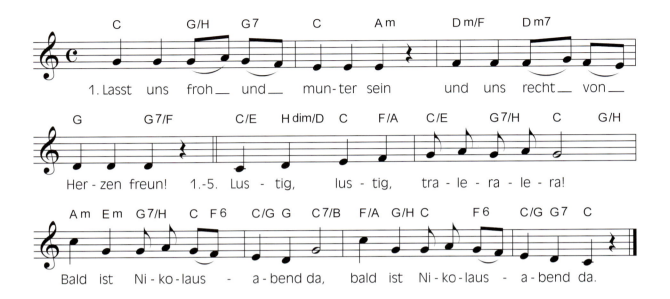

2. Dann stell ich den Teller auf,
   Niklaus legt gewiss was drauf.
   Lustig, lustig …

3. Wenn ich schlaf, dann träume ich,
   jetzt bringt Niklaus was für mich …

4. Wenn ich aufgestanden bin,
   lauf ich schnell zum Teller hin …

5. Niklaus ist ein guter Mann,
   dem man nicht genug danken kann …

T. und M.: trad. (aus dem Hunsrück)

Advent und Weihnachten

Kling, Glöckchen, klingelingeling

2. Kling, Glöckchen, klingelingeling,
kling, Glöckchen kling!
Mädchen, hört, und Bübchen,
macht mir auf das Stübchen,
bring euch viele Gaben,
sollt euch dran erlaben.
Kling, Glöckchen, klingelingeling,
kling, Glöckchen, kling.

Advent und Weihnachten

3. Kling, Glöckchen, klingelingeling,
   kling, Glöckchen kling!
   Hell erglüh'n die Kerzen,
   öffnet mir die Herzen,
   will drin wohnen fröhlich,
   frommes Kind, wie selig.
   Kling, Glöckchen, klingelingeling,
   kling, Glöckchen, kling.

   T.: Karl Enslin (1814-1875)
   M.: Benedikt Widmann

Morgen, Kinder, wird's was geben

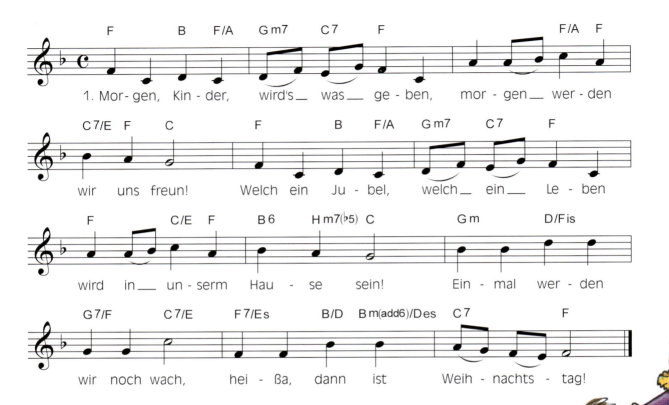

1. Morgen, Kinder, wird's was geben, morgen werden wir uns freun! Welch ein Jubel, welch ein Leben wird in unserm Hause sein! Einmal werden wir noch wach, heißa, dann ist Weihnachtstag!

2. Wie wird dann die Stube glänzen
von der großen Lichterzahl:
schöner als bei frohen Tänzen
ein geputzter Kronensaal.
Wisst ihr noch, wie vor'ges Jahr
es am heil'gen Abend war?

3. Wisst ihr noch mein Räderpferdchen,
Malchens nette Schäferin,
Jenchens Küche mit dem Herdchen
und dem blank geputzten Zinn?
Heinrichs bunten Harlekin
mit der gelben Violin?

Advent und Weihnachten

4. Welch ein schöner Tag ist morgen!
   Viele Freude hoffen wir,
   unsre lieben Eltern sorgen
   lange, lange schon dafür.
   O gewiss, wer sie nicht ehrt,
   ist der ganzen Lust nicht wert.

T.: Philipp von Bartsch (1770-1833)
M.: Carl Gottlieb Hering (1766-1853), nach einer Berliner Volksweise

O Tannenbaum

2. O Tannenbaum, o Tannenbaum,
   du kannst mir sehr gefallen.
   Wie oft hat doch zur Winterszeit
   ein Baum von dir mich hoch erfreut.
   O Tannenbaum, o Tannenbaum,
   du kannst mir sehr gefallen.

3. O Tannenbaum, o Tannenbaum,
   dein Kleid kann mich was lehren:
   die Hoffnung und Beständigkeit
   gibt Kraft und Trost zu jeder Zeit.
   O Tannenbaum, o Tannenbaum,
   dein Kleid kann mich was lehren.

T.: Ernst Anschütz, 1824
M.: August Zarnack, 1820, nach
einer seit 1790 bekannten Melodie

Advent und Weihnachten

Kommet, ihr Hirten

Alle: 1. Kommet, ihr Hirten, ihr Männer und Fraun,
kommet, das liebliche Kindlein zu schaun.
Christus, der Herr, ist heute geboren,
den Gott zum Heiland euch hat erkoren.
Fürchtet euch nicht.

2. *Hirten:* Lasset uns sehen in Bethlehems Stall,
was uns verheißen der himmlische Schall.
Was wir dort finden, lasset uns künden,
lasset uns preisen in frommen Weisen:
Halleluja!

3. *Alle:* Wahrlich, die Engel verkündigen heut
Bethlehems Hirtenvolk gar große Freud.
Nun soll es werden Friede auf Erden,
den Menschen allen ein Wohlgefallen.
Ehre sei Gott!

T.: Carl Riedel (1827-1888)
M.: trad. (aus Böhmen)

Advent und Weihnachten

Zu Bethlehem geboren

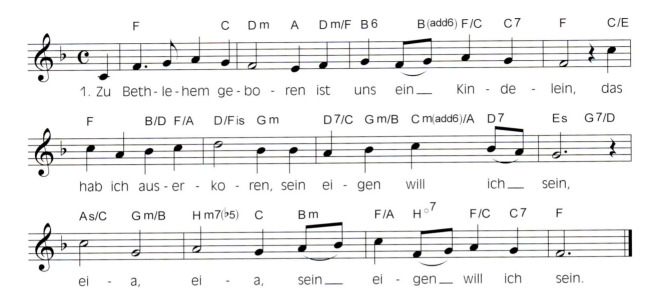

2. In seine Lieb versenken
   will ich mich ganz hinab;
   mein Herz will ich ihm schenken
   und alles, was ich hab,
   eia, eia, und alles was ich hab.

3. O Kindelein, von Herzen
   will ich dich lieben sehr,
   in Freuden und in Schmerzen
   je länger mehr und mehr,
   eia, eia, je länger mehr und mehr.

T. und M.: trad. (aus Köln)

Advent und Weihnachten

Stille Nacht, heilige Nacht

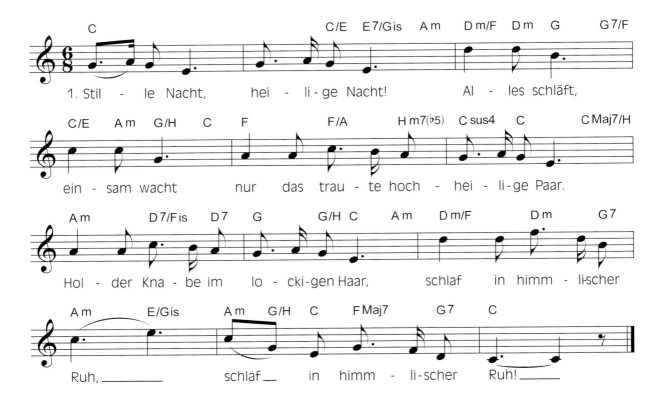

2. Stille Nacht, heilige Nacht!
   Hirten erst kundgemacht;
   durch der Engel Halleluja
   tönt es laut von fern und nah:
   Christ der Retter ist da.

3. Stille Nacht, heilige Nacht!
   Gottes Sohn, o wie lacht
   Lieb aus deinem göttlichen Mund,
   da uns schlägt die rettende Stund,
   Christ, in deiner Geburt.

   T.: Joseph Mohr (1792-1848)
   M.: Franz Gruber (1787-1863), 1818

Advent und Weihnachten

Ihr Kinderlein kommet

Advent und Weihnachten

2. Da liegt es, das Kindlein, auf Heu und auf Stroh,
   Maria und Josef betrachten es froh;
   die redlichen Hirten knien betend davor,
   hoch oben schwebt jubelnd der Engelein Chor.

3. O beugt wie die Hirten anbetend die Knie;
   erhebet die Hände und danket wie sie!
   Stimmt freudig, ihr Kinder, wer sollt sich nicht freu'n,
   stimmt freudig zum Jubel der Engel mit ein!

T.: Christoph von Schmid (1768-1854)
M. Johann Abraham Peter Schulz (1747-1800), 1794

Was soll das bedeuten

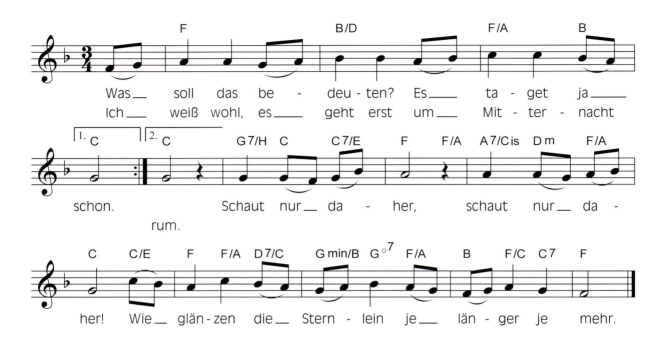

Was soll das be - deu - ten? Es taget ja schon.
Ich weiß wohl, es geht erst um Mit - ter - nacht rum.
Schaut nur da - her, schaut nur da - her!
Wie glän - zen die Stern - lein je län - ger je mehr.

T. und M.: trad. (aus Schlesien)

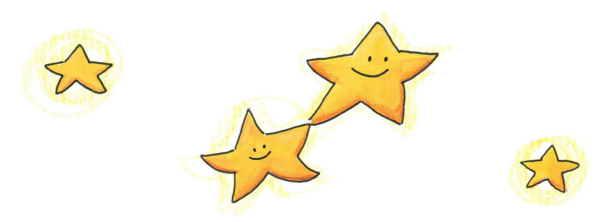

Advent und Weihnachten

Advent und Weihnachten

Leise rieselt der Schnee

1. Leise rieselt der Schnee, still und starr liegt der See, weihnachtlich glänzet der Wald: Freue dich, Christkind kommt bald!

2. In den Herzen wird's warm,
   still schweigt Kummer und Harm,
   Sorge des Lebens verhallt:
   Freue dich, Christkind kommt bald!

3. Bald ist Heilige Nacht,
   Chor der Engel erwacht.
   Hört nur, wie lieblich es schallt:
   Freue dich, Christkind kommt bald.

T.: trad. (um 1900)
M.: Eduard Ebel (1839-1903)

Alle Jahre wieder

1. Alle Jahre wieder kommt das Christuskind,
auf die Erde nieder, wo wir Menschen sind.

2. Kehrt mit seinem Segen ein in jedes Haus,
geht auf allen Wegen mit uns ein und aus.

3. Steht auch mir zur Seite still und unerkannt,
dass es treu mich leite an der lieben Hand.

T.: Wilhelm Hey (1789-1854)
M.: Friedrich Silcher (1789-1860)

Winter – Sternsinger

Schneeflöckchen, Weißröckchen

1. Schnee-flöck-chen, Weiß-röck-chen, da kommst du ge-schneit; du kommst aus den Wolken, dein Weg ist so weit.

2. Komm, setz dich ans Fenster,
   du lieblicher Stern:
   malst Blumen und Blätter,
   wir haben dich gern.

3. Schneeflöckchen, du deckst uns
   die Blümelein zu,
   dann schlafen sie sicher
   in himmlischer Ruh.

   T. und M.: trad.

Winter – Sternsinger

Ach bittrer Winter

Ach, bitt-rer Win-ter, wie bist du kalt!
Du hast ent-lau-bet den grü-nen Wald.
Du hast ver-blü-het die Blüm-lein
auf der Hei-de.

T.: trad. (1582, gekürzt und erneuert)
M.: trad. (1640)

Das alte Jahr vergangen

1. Das alte Jahr vergangen, das neue angefangen.

1.-3. Glück zu, Glück zu, zum neuen Jahr!

2. Es bringt dir Heil und Segen,
   viel Freuden allerwegen!

3. Frisch auf zu neuen Taten,
   helf Gott, es wird geraten!

T. und M.: trad.

Winter – Sternsinger

Ich geh mit meiner Laterne

1.–3. Ich geh mit mei-ner La-ter-ne und mei-ne La-ter-ne mit mir.
Dort o-ben leuch-ten die Ster-ne und un-ten, da leuch-ten wir.

1. Mit Lich-tern hell sind wir zur Stell, ra-bim-mel, ra-bam-mel, ra-bumm.

2. Ich geh …
   Laternenlicht, verlösch mir nicht!
   Rabimmel, rabammel, rabumm.

3. Ich geh …
   Mein Licht ist aus, wir gehen nach Haus,
   rabimmel, rabammel, rabumm.

T. und M.: trad. (aus Norddeutschland)

Laterne, Laterne

La - ter - ne, La - ter - ne, Son - ne, Mond und Ster - ne. Bren - ne auf mein Licht, bren - ne auf mein Licht, a - ber nur mei - ne lie - be La-

1. ter - ne nicht.
2. ter - ne nicht.

T. und M.: trad. (nach 1900)

Sankt Martin

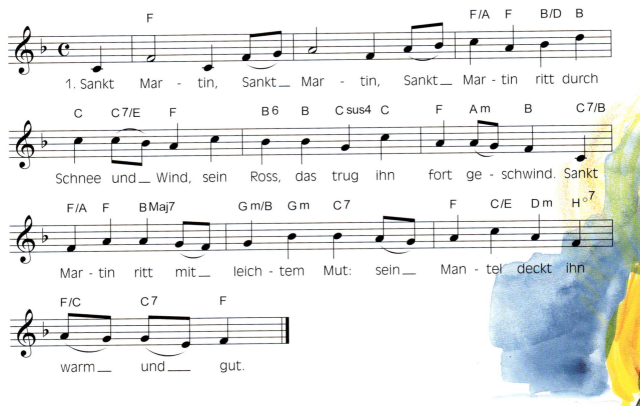

1. Sankt Martin, Sankt Martin, Sankt Martin ritt durch Schnee und Wind, sein Ross, das trug ihn fort geschwind. Sankt Martin ritt mit leichtem Mut: sein Mantel deckt ihn warm und gut.

2. Im Schnee, da saß ein armer Mann,
   hatt Kleider nicht, hatt Lumpen an.
   „O helft mir doch in meiner Not,
   sonst ist der bitt're Frost mein Tod!"

3. Sankt Martin zog die Zügel an,
   sein Ross stand still beim armen Mann,
   Sankt Martin mit dem Schwerte teilt
   den warmen Mantel unverweilt.

4. Sankt Martin gab den Halben still;
   der Bettler rasch ihm danken will.
   Sankt Martin aber ritt in Eil
   hinweg mit seinem Mantelteil.

T. und M.: trad. (seit Ende des 19. Jh.)

Winter – Sternsinger

Heile, heile Segen

Heile, heile Segen, drei Tage Regen,
drei Tage Schnee: tut schon nimmer weh.

T. und M.: trad.

Winter – Sternsinger

Märchen

– Geburtstag

Hänsel und Gretel

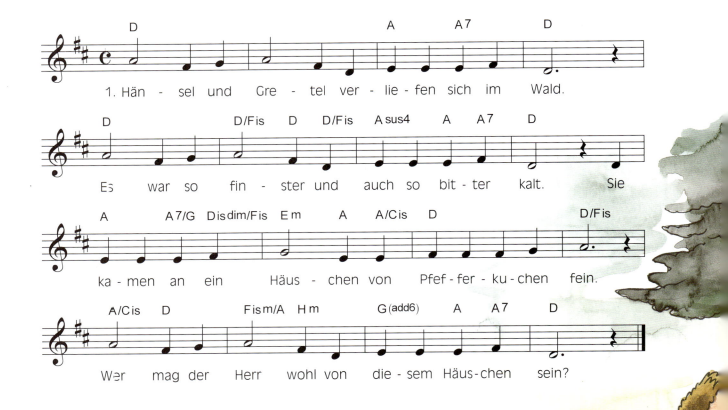

2. Hu, hu, da schaut eine alte Hexe raus!
   Sie lockt die Kinder ins Pfefferkuchenhaus.
   Sie stellte sich gar freundlich, o Hänsel, welche Not!
   Sie will dich braten im Ofen braun wie Brot.

3. Als nun die Hexe zum Ofen schaut hinein,
   wird sie gestoßen von unsrem Gretelein.
   Die Hexe, die muss braten, die Kinder gehn nach Haus.
   Nun ist das Märchen von Hans und Gretel aus.

T. und M.: trad. (19. Jh.)

Märchen – Geburtstag

Brüderlein, komm tanz mit mir

1. Brü-der-lein, komm, tanz mit mir! Bei-de Hän-de reich ich dir. Ein-mal hin, ein-mal her, rund-he-rum, das ist nicht schwer.

2. Mit den Händchen, klapp, klapp, klapp,
   mit den Füßchen trapp, trapp, trapp!
   Einmal hin, einmal her,
   rundherum, das ist nicht schwer.

3. Ei, das hast du gut gemacht.
   Ei, das hätt ich nicht gedacht.
   Einmal hin, einmal her,
   rundherum, das ist nicht schwer.

4. Mit dem Köpfchen, nick, nick, nick,
   mit den Fingerchen tick, tick, tick!
   Einmal hin, einmal her,
   rundherum, das ist nicht schwer.

5. Noch einmal das schöne Spiel,
   weil es mir so gut gefiel.
   Einmal hin, einmal her,
   rundherum, das ist nicht schwer.

T.: Adelheid Wette
M.: Engelbert Humperdinck (1854-1921), aus der Märchenoper „Hänsel und Gretel" (1893)

Märchen – Geburtstag

Dornröschen war ein schönes Kind

1. Dorn-rös-chen war ein schö-nes Kind, schö-nes Kind, schö-nes Kind, Dorn-rös-chen war ein schö-nes Kind, schö-nes Kind.

Märchen – Geburtstag

2. Da kam die böse Fee herein, Fee herein, Fee herein …
3. „Dornröschen, schlafe hundert Jahr!…"
4. Da wuchs die Hecke riesengroß …
5. Da kam der junge Königssohn …
6. Der küsst Dornröschen auf den Mund …
7. „Dornröschen, wache wieder auf!…"
8. Sie feierten das Hochzeitsfest …
9. Da jubelte das ganze Volk …

T. und M.: trad.

Und wer im Januar geboren ist

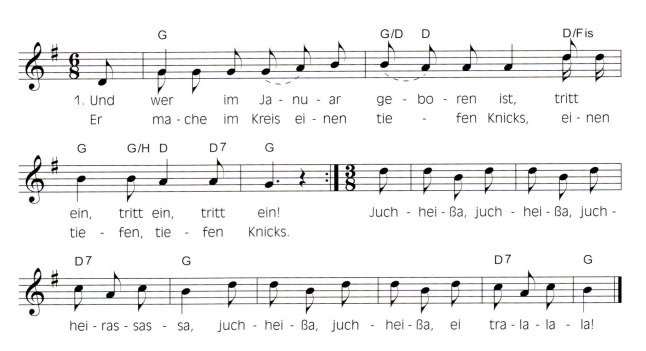

1. Und wer im Januar geboren ist, tritt ein, tritt ein, tritt ein! Juch-hei-ßa, juch-hei-ßa, juch-hei-ras-sas-sa, juch-hei-ßa, juch-hei-ßa, ei tra-la-la-la!

Er mache im Kreis einen tiefen Knicks, einen tiefen, tiefen Knicks.

Märchen – Geburtstag

2. Und wer im Februar geboren ist, tritt ein …
3. Und wer im Monat März geboren ist, tritt ein …
4. Und wer im April geboren ist, tritt ein …
5. Und wer im Monat Mai geboren ist, tritt ein …
6. Und wer im Juni geboren ist, tritt ein …
7. Und wer im Juli geboren ist, tritt ein …
8. Und wer im August geboren ist, tritt ein …
9. Und wer im September geboren ist, tritt ein …
10. Und wer im Oktober geboren ist, tritt ein …
11. Und wer im November geboren ist, tritt ein …
12. Und wer im Dezember geboren ist, tritt ein …

T. und M.: trad.

Märchen – Geburtstag

Happy birthday

Hap-py birth-day to you, hap-py birth-day to you. Hap-py birth-day, dear ... ..., hap-py birth-day to you.

(Den jeweiligen Namen einsetzen)

T.: trad. (aus England)
M.: Mildred und Patty Hill

Märchen – Geburtstag

Viel Glück und viel Segen

Viel Glück und viel Segen auf all deinen Wegen, Gesundheit und Wohlstand sei auch mit dabei.

Kanon zu 4 Stimmen

T. und M.: Werner Gneist

Spaß

Grün, grün, grün

Spaß

2. Blau, blau, blau sind alle meine Kleider;
   blau, blau, blau ist alles, was ich hab.
   Darum lieb ich alles, was so blau ist,
   weil mein Schatz ein Seemann, Seemann ist.

3. Schwarz, schwarz, schwarz sind alle
   meine Kleider;
   schwarz, schwarz, schwarz ist alles,
   was ich hab.
   Darum lieb ich alles, was so schwarz ist,
   weil mein Schatz ein Schornsteinfeger ist.

4. Weiß, weiß, weiß sind alle meine Kleider;
   weiß, weiß, weiß ist alles, was ich hab.
   Darum lieb ich alles, was so weiß ist,
   weil mein Schatz ein Bäcker, Bäcker ist.

5. Bunt, bunt, bunt sind alle meine Kleider;
   bunt, bunt, bunt ist alles, was ich hab.
   Darum lieb ich alles, was so bunt ist,
   weil mein Schatz ein Maler, Maler ist.

   T. und M.: trad. (19. Jh.)

Spannenlanger Hansel

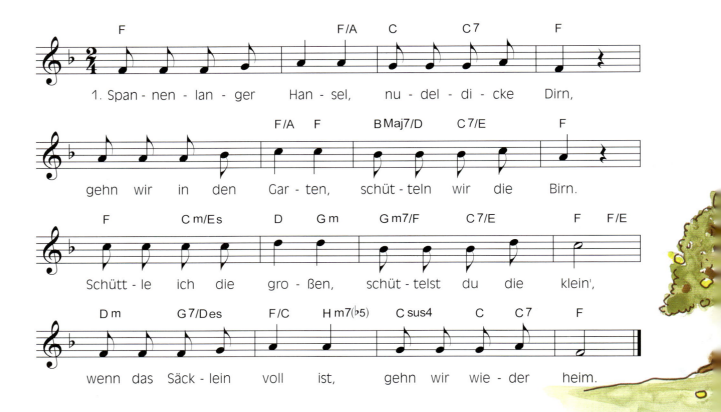

2. Lauf doch nicht so närrisch, spannenlanger Hans!
   Ich verlier die Birnen und die Schuh noch ganz.
   Trägst ja nur die kleinen, nudeldicke Dirn,
   und ich schlepp den schweren Sack mit großen Birn.

   T. und M. trad.

Spaß

Schön ist ein Zylinderhut

2. Hat man der Zylinder drei, jupheidi, jupheida,
hat man einen mehr als zwei, jupheidiheida,
vier Zylinder, das sind grad
zwei Zylinder zum Quadrat.
Jupheidi …

3. Fünf Zylinder sind genau, jupheidi, jupheida,
für drei Kinder, Mann und Frau, jupheidiheida,
sechs Zylinder, das ist toll,
machen das halbe Dutzend voll,
Jupheidi …

Spaß

4. Sieben Zylinder sind genug, jupheidi, jupheida,
für 'nen kleinen Trauerzug, jupheidiheida,
hat man der Zylinder acht,
wird der Pastor auch bedacht.
Jupheidi …

5. Hat man der Zylinder neun, jupheidi, jupheida,
kriegt der Küster auch noch ein'n, jupheidiheida,
zehn Zylinder sind bequem
für das Dezimalsystem.
Jupheidi …

T.: trad.
M.: Nürnberg (1852)

Die Tiroler sind lustig

1. Die Tiroler sind lustig, die Tiroler sind froh, sie verkaufen ihr Bettzeug und schlafen auf Stroh.
Rudirudi rulala rulala rulala.
Rudirudi rulala rulalala.

Spaß

2. Die Tiroler sind lustig,
die Tiroler sind froh,
sie nehmen ein Weibchen
und tanzen dazu.
Ru-di-ru-di …

3. Erst dreht sich das Weibchen,
dann dreht sich der Mann,
dann tanzen sie beide
und fassen sich an.
Ru-di-ru-di …

T.: Emanuel Schikaneder (1751-1812)
M.: Jakob Haibl, aus dem Singspiel
„Die Tiroler Wastl" (Uraufführung Wien 1795)

Drei Chinesen mit dem Kontrabass

Drei Chinesen mit dem Kontrabass
saßen auf der Straße und erzählten sich was.
Da kam die Polizei: "Ja, was ist denn das?"
Drei Chinesen mit dem Kontrabass.

2. Dra Chanasan mat dam Kantrabass…

3. Dri Chinisin mit dim Kintribiss…

4. Dro Chonoson mot dom Kontroboss…

5. Dru Chunusun mut dum Kuntrubuss.…

T. und M.: trad.

Spaß

Spaß

Heut kommt der Hans zu mir

Heut kommt der Hans zu mir, freut sich die Lies.

Ob er aber über Oberammergau, oder aber über Unterammergau,

oder aber überhaupt nicht kommt, ist nicht gewiss.

T. und M.: trad.

Spaß

Es tanzt ein Bi-Ba-Butzemann

Es tanzt ein Bi-Ba-But-ze-mann in un-serm Haus he-rum, di-del-dum. Es tanzt ein Bi-Ba-But-ze-mann in un-serm Haus he-rum. Er rüt-telt sich, er schüt-telt sich, er wirft sein Säck-lein hin-ter sich. Es tanzt ein Bi-Ba-But-ze-mann in un-serm Haus he-rum.

T.: trad. vor 1800
M.: trad. (19. Jh.)

Alphabetisches Liederverzeichnis

Abends will ich schlafen gehen	82
Ach bittrer Winter	124
Alle Jahre wieder	119
Alle Vögel sind schon da	26
Als ich einmal reiste	48
Auf der Mauer, auf der Lauer	42
Auf einem Baum ein Kuckuck saß	36
Auf uns'rer Wiese gehet was	32
Auf, auf, ihr Wandersleut	50
Backe, backe Kuchen	96
Brüderlein, komm tanz mit mir	136
Bunt sind schon die Wälder	58
Das alte Jahr vergangen	125
Der Kuckuck und der Esel	34
Der Mond ist aufgegangen	78
Die Blümelein, sie schlafen	80
Die güldene Sonne	74
Die Tiroler sind lustig	152
Dornröschen war ein schönes Kind	138
Drei Chinesen mit dem Kontrabass	154
Ein Männlein steht im Walde	56
Ein Vogel wollte Hochzeit machen	30
Es klappert die Mühle	94
Es tagt, der Sonne Morgenstrahl	72
Es tanzt ein Bi-Ba-Butzemann	157
Es tönen die Lieder	12
Es war eine Mutter, die hatte vier Kinder	6
Frère Jacques	76
Fuchs, du hast die Gans gestohlen	20
Grün, grün, grün	146
Guten Abend, gut Nacht	77
Hänsel und Gretel	134
Happy birthday	142
Häschen in der Grube	24

Alphabetisches Liederverzeichnis

Heile, heile, Segen 130
Heut kommt der Hans zu mir 156
Heut ist ein Fest bei den Fröschen
 am See 25

Ich geh mit meiner Laterne 126
Ihr Kinderlein kommet 114
Jetzt fängt das schöne Frühjahr an 10

Kling, Glöckchen, klingelingeling 102
Komm lieber Mai 14
Kommet, ihr Hirten 108
Kommt ein Vogel geflogen 28

Lasst uns froh und munter sein 100
Laterne, Laterne 127
Leise rieselt der Schnee 118
Liebe, liebe Sonne 13

Macht auf das Tor 64
Morgen, Kinder, wird`s was geben 104

O Tannenbaum 106

Ringel, Ringel, Reihe 63
Sankt Martin 128
Schneeflöckchen, Weißröckchen 122
Schön ist ein Zylinderhut 150
Spannenlanger Hansel 148
Stille Nacht, heilige Nacht 112

Summ, summ, summ 38
Taler, Taler, du musst wandern 86
Tanz, tanz Gretelein 62
Trarira, der Sommer, der ist da 44
Und wer im Januar geboren ist 140
Unsre Katz heißt Mohrle 18

Viel Glück und viel Segen 143

Was macht der Fuhrmann 90
Was soll das bedeuten 116
Weißt du, wie viel Sternlein stehen 84
Wem Gott will rechte Gunst erweisen 52
Wenn alle Brünnlein fließen 54
Wer will fleißige Handwerker sehn 88
Widele, wedele 40
Winter ade 8
Wir sind zwei Musikanten 92

Zeigt her eure Füße 66
Zu Bethlehem geboren 110
Zwischen Berg und tiefem Tal 22

159

Anmerkungen zu den Harmoniebezeichnungen

Die Harmoniebezeichnungen und deren Ausführbarkeit bewegen sich im unteren bis mittleren Schwierigkeitsgrad. Selbstverständlich handelt es sich dabei immer nur um eine Möglichkeit der Harmonisierung; zum Erfinden von Alternativen, zum Improvisieren auf Grundlage der Angaben (oder sich davon lösend) sei hiermit ausdrücklich ermuntert.

Wiederholungen von Melodieabschnitten sind häufig verschieden harmonisiert (größere Vielfalt, spannendere Gestaltung, erhöhte Schlusswirkung). Zur Vereinfachung ist es natürlich auch möglich, nur eine Version zu spielen.

Man kann die durch die Angaben vorgeschlagenen Harmonien auch zum Ensemblespiel auf mehrere Personen aufteilen, zum Beispiel: 1. Melodie, 2. Basslinie (s.u.), 3. Harmonie ohne Berücksichtigung des Basses.

Als Basston (= unterster Ton) ist entweder der angegebene Dreiklangsgrundton (-bezugston) oder, sofern davon verschieden, der Ton hinter dem Schrägstrich (/) zu spielen:

Beispiele:

C	=	C-Dur mit C als Basston (G = G-Dur mit G als Basston, u.s.w.)
Cm	=	C-Moll mit C als Basston
C/E	=	C-Dur mit E als Basston
Cm/Es	=	C-Moll mit Es als Basston
C7 bzw. Cm7	=	C-Dur bzw. C-Moll mit hinzugefügter *kleiner Septime*
C Maj7	=	C-Dur mit hinzugefügter *großer Septime*
C7/B	=	C-Dur mit hinzugefügter kleiner Septime und B als Basston
C6	=	C-Dur mit *Sexte statt Quinte*
...add	=	hinzugefügt
C(add6)	=	C-Dur mit *Sexte und Quinte*
...sus	=	angegebenen Ton spielen, den darunter liegenden weglassen
C(sus4)	=	C-Dur mit Quarte ohne Terzton (der i.d.R. im nächsten Klang folgt)
H dim/D	=	verminderter Dreiklang (= zwei kleine Terzen) auf H mit D als Basston
C°7	=	verminderter Septakkord (= drei kleine Terzen) mit C als Basston
C aug	=	übermäßiger Dreiklang (= zwei große Terzen) über C
G7(13)	=	G-Dur mit hinzugefügter Septime und Sexte über der Septime (13) statt Quinte
As(add#6)	=	As-Dur mit hinzugefügter übermäßiger Sexte (hier: Fis)
F M9	=	F-Dur mit hinzugefügter großer Septime und großer None (ohne 5 und 8)
♭ (♭5)	=	verminderte Quinte (Quintton einen Halbton tiefer spielen)
Viertelpause	=	Eine Viertelpause lang Melodie ohne Harmonisierung

Der Übersichtlichkeit halber ist nicht jede Dissonanz vermerkt, die sich in der Melodie befindet.